Coleção Aventuras Grandiosas

Alexandre Dumas

O HOMEM DA MÁSCARA DE FERRO

Adaptação de Ana Carolina Vieira Rodriguez

2ª edição

EDITORA RIDEEL
Quem tem Rideel tem mais.

PRÓLOGO

A história a seguir refere-se a um mistério na história da França. Trata-se de um estranho prisioneiro da Ilha de Santa Margarida, que morreu aos sessenta anos, em 1703. Ninguém sabia quem ele era e ainda hoje há muitas **ESPECULAÇÕES** sobre sua identidade. A **VERACIDADE** dos fatos que serão apresentados a seguir confirmam-se pelas Memórias do Duque de Richelieu, publicadas em 1790.

Este livro se passa trinta anos após a história de Os Três Mosqueteiros e o leitor pode esperar grandes atuações dos conhecidos amigos Athos, Porthos, Aramis e D'Artagnan.

Capítulo 1

O MALDITO

Athos e seu filho Raul estavam diante da prisão da Ilha de Santa Margarida. O local era tranquilo e não necessitava de muitos homens no controle dos presos. Havia apenas oito soldados ao todo. Os dois **FIDALGOS** observavam o grande **FOSSO** ao redor da construção de pedra, quando escutaram um grito de chamado quase no topo. Olharam para o alto e, mesmo ofuscados pelo sol, viram uma mão atirando um disco metálico pelo ar. O objeto foi parar perto deles. Athos o apanhou e viu que havia alguma coisa escrita com a ponta de uma faca. Leu em voz alta:

Sou irmão do Rei da França. Estou preso aqui, quase enlouquecido de desespero.

Na mesma hora, D'Artagnan chegou na companhia dos oito soldados, cruzou o fosso pela ponte e tomou o objeto das mãos de Athos.

— Vocês leram o que estava escrito aqui? — perguntou, aflito.

— Sim — respondeu Athos.

— Ah, meu Deus! Não deviam ter lido. Se o governador souber, vai querer prendê-los. Aí vem ele. Fiquem em silêncio, não digam uma palavra. Tive uma ideia.

— O que está acontecendo? — perguntou o governador.

— Senhor, estes são dois capitães espanhóis, antigos conhecidos meus. Não sabem falar francês, mas gostariam de visitar a fortaleza — falou D'Artagnan.

- **ESPECULAÇÃO:** indagação, reflexão, cogitação
- **VERACIDADE:** verdade
- **FIDALGO:** nobre
- **FOSSO:** fossa em volta de fortalezas ou castelos que servem como defesa

— E o que é isso em suas mãos? — insistiu o governador.

— É um segredo de Estado que recebi. Nem o senhor deve ler, ou correrá o risco de ser **FUZILADO**.

— E quanto a estes senhores? Vi de longe quando um deles pegou o disco nas mãos.

— São espanhóis, senhor, como lhe disse. Mal sabem ler em sua própria língua.

Mais tarde, já durante a visita ao prédio da prisão autorizada pelo governador, D'Artagnan explicou baixinho para os amigos:

— Eu trouxe para cá um prisioneiro que o rei não quer que seja identificado.

— Quem é ele? — perguntou Raul.

— Vejam, é o Homem da Máscara de Ferro — respondeu D'Artagnan, apontando para um vulto alto e forte, usando algo semelhante a um capacete negro de ferro sobre o rosto.

O tal sujeito escutou a voz de D'Artagnan e disse, caminhando para dentro das trevas da prisão:

— Meu nome é Maldito, cavalheiro.

Mas vamos investigar o que estava acontecendo na sociedade e política francesa da época. Após a morte do Cardeal Mazarino, Luís XIV tornou-se o rei da França. Na verdade, ele já carregava esse título depois que seu pai, Luís XIII, morrera, mas enquanto o cardeal era vivo, ele não passava de um boneco nas mãos dele. Assim que se viu livre para governar, Luís XIV escolheu algumas pessoas para ajudá-lo. D'Artagnan foi nomeado Capitão dos Mosqueteiros. Colbert era responsável pelas finanças do reino. Havia também o superintendente Fouquet, que não se dava bem com Colbert. Fouquet era um homem muito rico e **PERDULÁRIO**, que espelhava a situação da França, um reino luxuoso, cheio de **INTRIGAS** e **OSTENTAÇÕES**.

O país havia solidificado a forte aliança política com a Inglaterra após o casamento do irmão mais novo do rei, intitulado Duque de Orléans, com a Princesa Henriqueta, irmã do **SOBERANO** inglês Carlos II. A chegada da princesa à Corte trouxe festa e beleza ao país.

D'Artagnan estava feliz com seu posto. Esperara por isso durante muitos anos e sentia-se recompensado pela lealdade que vinha dedicando à França há tanto

- **FUZILADO:** morto com arma de fogo
- **PERDULÁRIO:** pessoa que gasta dinheiro em excesso
- **INTRIGA:** cilada, trama, traição
- **OSTENTAÇÃO:** pompa, luxo exagerado
- **SOBERANO:** monarca, rei, aquele que tem a maior autoridade

tempo. Quanto aos Três Mosqueteiros, cada um seguiu caminhos diferentes. Athos voltou a ser Conde de La Fère. Mudou-se para seu castelo em Blois e passou a cuidar de seu filho Raul, o Visconde de Bragelonne. Gostava de estudar e seu lema era: Pelo Rei, que simboliza a Pátria! Porthos casou-se com sua procuradora, mas ficou viúvo pouco tempo mais tarde. Herdou muito dinheiro da esposa. Vivia no castelo de Vallon-du-Pierrefonds e carregava o título de Barão. Aramis tornara-se padre. Ambicioso que era e amigo do superintendente Fouquet, o aplicado sr. d'Herblay logo foi nomeado Bispo de Vannes, na Bretanha. Vivia no castelo de Vaux, no entanto.

D'Artagnan e os Três Mosqueteiros mantinham a mesma amizade de sempre. Contudo, D'Artagnan pressentia que alguma coisa estava errada com Aramis. Certa vez, ele encontrara o amigo jantando com o conhecido e vulgar Baisemeaux, governador da prisão da Bastilha. Os dois pareciam íntimos e animados durante a refeição. Ao ver D'Artagnan, Aramis o cumprimentou com a alegria de sempre, mas franziu a testa **INVOLUNTARIAMENTE**, como se estivesse incomodado. "Ele deve estar tramando alguma coisa", pensou o Capitão dos Mosqueteiros.

De fato, Aramis teve outra atitude estranha durante uma grande festa em Fontainebleau em homenagem ao Duque e à Duquesa de Orléans. O rei entregara a Colbert o dinheiro necessário para tudo e ele estava orgulhoso de si mesmo por ter conseguido realizar comemoração tão linda. No jardim de Fontainebleau, o financista encontrou Fouquet conversando com Aramis.

— Então, senhor Fouquet, está apreciando a festa? — perguntou.

— Muito — disse o superintendente.

— Sei que está sendo irônico. Fontainebleau não chega aos pés de sua propriedade em Vaux. Por que não dá uma festa para o rei lá? Ele iria se sentir honrado.

— Boa ideia — disse Aramis.

Fouquet torceu o nariz e disse que ia pensar. Colbert se afastou de mau humor. Ele odiava Fouquet e desejava **EXTORQUIR-LHE** o máximo de dinheiro que pudesse para vê-lo na miséria. A sós com Aramis, o superintendente reclamou:

— Por que disse que a festa era uma boa ideia, sr. d'Herblay? O senhor sabe que não posso mais gastar dinheiro. Estou quebrado depois de tantas festas ao Duque e à Duquesa. É do meu bolso que saem as verbas para essas celebrações.

— Não pense em gastos. Organize a maior e mais pomposa festa que conseguir. Eu pago. Confio no seu bom gosto. Quero, inclusive, que o castelo de Vaux seja totalmente reformado para receber o rei.

- **INVOLUNTARIAMENTE:** sem querer; contra a própria vontade
- **EXTORQUIR-LHE:** arrancar-lhe, tirar-lhe

Fouquet achou estranho. Onde Aramis teria arranjado tanto dinheiro? Achou melhor ficar quieto e concordar. O que ele não sabia é que algo surpreendente ocorrera com o antigo mosqueteiro pouco tempo antes daquela conversa.

Capítulo 2

O NOVO GERAL DA ORDEM

A hospedaria do Pavão Formoso era muito conhecida em Fontainebleau. Os nobres que foram à festa tentaram se hospedar lá, mas encontraram todos os quartos do local alugados. Cerca de oito dias antes da festa, uma comitiva de hóspedes estranhos e discretos foram chegando aos poucos e ocupando a hospedaria. Primeiro foi o Barão de Wostpur, da Alemanha, depois um cardeal espanhol, Monsenhor Herrebia; um comerciante de Bremen, um senador veneziano, um escocês, um austríaco e uma dama flamenga. Por último chegou um franciscano muito doente, que foi acomodado num pequeno aposento do andar de baixo. Acompanhando sua **PADIOLA** e os carregadores estava Aramis, com a cabeça coberta por um capuz.

Deitado sobre uma cama, o franciscano pediu que todos saíssem e ficou a sós com o dono da hospedaria. Cumprimentou-o fazendo o sinal-da-cruz. Recebeu em troca o mesmo gesto sobre seu ombro esquerdo. Era o sinal feito entre os irmãos da Companhia de Jesus, instituição de muito poder na época.

— Estávamos esperando o senhor, padre, mas pensávamos que sua saúde estivesse melhor — disse o dono da Pavão Formoso.

— Preciso de um médico urgente — pediu o velho franciscano.

Assim que o doutor chegou, ele ordenou:

— Examine logo e diga com toda franqueza qual é o meu estado.

O médico não precisou de muito tempo para perceber que o doente estava mal.

— O senhor tem uma febre cerebral muito séria — disse.

— Não quero rodeios — disse o enfermo, mostrando o anel que tinha nos dedos.

— Ah, meu Deus! O senhor é o Geral da Ordem da Companhia de Jesus! — exclamou o médico, curvando-se diante da criatura mais poderosa da Igreja.

— Quanto tempo de vida ainda tenho? — insistiu o padre.

— Duas horas, senhor.

PADIOLA: cama de lona para transportar doentes ou feridos

Diante dessa notícia, o Geral da Ordem mandou chamar um **CONFESSOR** e depois ordenou que o Barão de Wostpur entrasse no quarto.

— Senhor, todos nesta hospedaria receberam a comunicação. Viemos para o concurso. Queremos ser eleitos Geral da Ordem — disse o barão.

— Sabem que para isso precisam me revelar um segredo de Estado, algo que faça alguma das poderosas cortes européias curvar-se à Ordem.

— Sei um segredo, senhor.

— Então diga logo, não tenho muito tempo.

— Tenho um exército inteiro ao meu dispor. Com ele posso derrubar qualquer rei que não seja a favor da Ordem e substituí-lo por alguém que esteja do nosso lado.

— É isso? Então saia de Fontainebleau imediatamente e aguarde a resposta.

Um por um, os hóspedes da Pavão Formoso foram entrando no quarto do padre e revelando segredos de Estado, mas o doente não parecia satisfeito com a qualidade das informações. Estava a ponto de se desesperar, pois o tempo de sua vida se esgotava, quando Aramis pediu para lhe falar.

— Tenho um segredo de extrema importância para a Ordem — disse ele.

— Diga, pelo amor de Deus. Não tenho tempo!

— Leia este papel. Está grafado em caracteres que somente o senhor e eu, além de seu secretário João Juain, se estivesse vivo, podemos compreender.

Ao ler o documento, o padre deu um grito:

— Achei! Finalmente encontrei meu **SUCESSOR**! Como soube desse segredo?

— Através da Senhora de Chevreuse, confidente da rainha Ana D'Áustria.

— Onde está ela?

— Já morreu.

— Há mais alguém que saiba essa informação?

— Não, senhor. Guardo esse segredo há quinze anos sozinho.

Foi a resposta que bastou para que o médico e o confessor fossem chamados como testemunhas.

— Senhores, que fique claro que estou transferindo todo o meu poder para o sr. d'Herblay, o novo Geral da Ordem — disse o padre, entregando seu anel a Aramis.

Depois, antes de cair morto, teve uma conversa a portas fechadas com o Bispo de Vannes. Aramis deixou o quarto do padre morto tremendo de emoção. Tinha alcançado o que mais desejara durante a vida: o poder!

Alguns dias antes da nomeação de Aramis como Geral da Ordem, ele teve aquele encontro para o almoço com Baisemeaux, governador da Bastilha. Incomo-

- **CONFESSOR:** padre que escuta a confissão de pecados dos penitentes
- **SUCESSOR:** pessoa que substitui outra em algum cargo ou função

dou-o encontrar-se com D'Artagnan na ocasião, pois não queria ser reconhecido por ninguém. Entrara na Bastilha disfarçado para entregar a Baisemeaux uma grande quantia em dinheiro conseguida com Fouquet. Era um plano só seu.

Capítulo 3

MISTÉRIOS DE ARAMIS

— Aqui está o dinheiro prometido — disse Aramis.

— Agradeço e o convido para almoçar comigo — respondeu o sr. Baisemeaux, sem conseguir disfarçar a alegria.

Durante a refeição, Aramis perguntou:

— Como são tratados os presos da Bastilha?

— Depende de quanto o Estado me paga por eles. Alguns comem da minha própria comida e tomam vinho e champanha, se quer saber.

— Não acredito! Sempre pensei que uma prisão era cheia de ratos, baratas, aranhas, um lugar úmido e fedorento.

— Pois faço questão de lhe mostrar que a Bastilha possui celas arejadas e limpas.

Após o almoço, ambos foram caminhar por entre as celas. Um rapaz chamou a atenção do Bispo de Vannes.

— Quem é este? — perguntou Aramis.

— É Seldon, condenado por escrever versos em latim contra os jesuítas.

— Peço que me solte, sr. Baisemeaux — implorou o rapaz quando viu o governador.

— Meu pai está morto e minha mãe precisa de mim para sobreviver.

Aramis, que há tempos deixara a ambição tomar conta de seu caráter, sentiu-se estranhamente comovido e prometeu ao rapaz que ia interceder para que ele fosse solto. Mais adiante, Aramis parou, **PETRIFICADO**, diante de uma cela, a de número 1.

— Por que este homem está preso? — indagou Aramis.

— Simplesmente pela semelhança que existe entre ele e a pessoa que, já notei, o senhor mesmo percebeu — respondeu o governador.

— Não é possível que seja só este o motivo.

— Mas é. Recebo uma fortuna por ele. O próprio Cardeal Mazarino, quando era vivo, escreveu-me uma carta recomendando máximo cuidado com este prisioneiro, a quem ele chamou pelo nome italiano Marchiali.

❦ **PETRIFICADO:** imóvel, paralisado de susto ou medo

— O senhor se importa se eu conversar com ele?

— Não, fique à vontade.

Aramis se aproximou da cela e perguntou ao preso:

— Sabe por que está aqui?

— Não, senhor — disse o rapaz de olhos azuis e rosto delicado.

— E não se sente revoltado por estar preso sem conhecer o razão?

— No início me revoltei, mas depois resolvi acreditar nos **DESÍGNIOS** de Deus.

— Quantos anos tem?

— Não sei.

— Como se chama?

— Não me lembro.

— Quem são os seus pais?

— Nunca os conheci. Fui criado por uma família que morreu um dia antes de eu vir para cá.

— Já recebeu alguma visita?

— Uma mulher veio algumas vezes. Vestia um véu, que só tirava quando estávamos a sós. Beijava-me e abraçava-me muito, mas nunca me disse quem era.

— Você a reconheceria se a visse de novo?

— Certamente, senhor. Não poderia me esquecer daquele rosto.

Aramis deu-se por satisfeito. Conseguira a informação que desejava. Despediu-se do governador elogiando o almoço, dizendo que trataria da libertação de Seldon e recomendando cuidado com o prisioneiro da cela número 1.

Alguns dias depois da festa em Fontainebleau, Aramis foi jantar na Bastilha com o sr. Baisemeaux. Diante da maravilhosa refeição, o antigo mosqueteiro começou:

— Ouvi dizer que o senhor faz parte de uma sociedade secreta, sr. Baisemeaux.

— De... de onde o senhor tirou essa ideia, sr. d'Herblay? — perguntou o governador da Bastilha derramando vinho na toalha de tanto tremer a mão.

— Acalme-se, caro sr. Baisemeaux. A sociedade da qual o senhor e outros capitães e governadores de fortalezas fazem parte lhes concede muitas coisas, mas também faz algumas exigências, não é mesmo?

— Não sei do que o senhor está falando.

— Então é melhor que eu me retire. Vou dizer que me enganaram ou talvez eles tenham se enganado — falou Aramis, levantando-se.

O sr. Baisemeaux se assustou e disse:

❦ **DESÍGNIO:** intenção, projeto, plano

— Fique, sr. d'Herblay. O senhor...

— Sou um confessor da Ordem. Mas se o senhor está se negando a seguir os nossos estatutos...

— Não é isso, eu apenas não havia sido avisado da sua vinda. Em que posso ajudar?

— A Ordem determina que se algum preso estiver doente, tem direito a pedir um confessor.

— Não tenho prisioneiros doentes no momento.

Nessa hora, um empregado entrou na sala de jantar trazendo o relatório do médico.

O governador leu e disse:

— Ah, meu Deus! Aqui diz que o prisioneiro da cela número 1 está doente.

— E ele solicita um confessor — disse o empregado.

— E então, o que devo fazer? — perguntou o governador a Aramis.

— Leve-me até ele — disse o Bispo de Vannes secamente.

Lá chegando, Aramis ordenou que queria ficar sozinho com o preso. O sr. Baisemeaux acatou o pedido, pois agora tratava Aramis com a deferência e o respeito que se devia ter com um confessor da Ordem. O prisioneiro estava deitado e, ao ver Aramis, perguntou:

— O que faz aqui?

— Sou o confessor que pediu.

— Não pedi para me confessar.

— Não quer nem escutar uma importante revelação? — perguntou Aramis, que havia **FORJADO** o relatório médico.

— Se é isso que veio fazer aqui, pode falar, estou ouvindo.

— Não se lembra de já ter me visto? — perguntou Aramis.

— Outro dia o senhor esteve aqui com o governador.

— Eu digo antes, na aldeia onde passou sua infância.

— Qual o nome da aldeia?

— Noisy-le-Sec.

— Sim, eu me lembro — disse o prisioneiro, abaixando a cabeça.

— Sabe quem eu sou?

— Sim, eu sei quem o senhor é. Reconheci-o no dia em que esteve aqui. É o **ABADE** d'Herblay, antigo mosqueteiro do rei.

— Fui mosqueteiro, abade e agora sou Bispo de Vannes. Mas há uma coisa que deve saber.

- **FORJADO:** falsificado
- **ABADE:** superior religioso, pároco

— O quê?

— Se o rei souber que estive aqui, mandará me prender e viverei em eterno esquecimento de todos.

Capítulo 4

O GRANDE SEGREDO

O prisioneiro resolveu contar suas únicas lembranças ao confessor, coisas de que ele se esforçava para não se esquecer.

— Sempre fui prisioneiro. Vivia **ENCARCERADO** em minha própria casa na aldeia em que vivia quando era pequeno. Minha ama Perronnette e meu **PRECEPTOR** eram as únicas pessoas que conhecia, além de uma dama que ia me visitar todos os meses, a mesma que costumava vir aqui na prisão. Também vi o senhor e uma mulher de roupa preta e laço vermelho algumas vezes.

— E seus pais? Nunca os conheceu? — perguntou Aramis.

— Perronnette e meu professor diziam que os dois estavam mortos. Será verdade?

— Seu pai está morto, mas sua mãe...

— Ela vive?

— Sim, mas você não deveria saber disso.

— E por que estou preso?

— Porque sua existência revela um grande segredo.

— E minha ama, meu preceptor?

— Foram envenenados, pois poderiam revelar esse segredo algum dia.

O rapaz fez um esforço e lembrou-se de outras coisas importantes. Costumavam chamá-lo de Filipe na época. Certo dia, uma carta causou grande alvoroço entre seus **TUTORES**. Seu professor disse à ama que era mais uma carta da rainha, mas que aquela era diferente, era uma carta contendo instruções.

— O que houve com a carta?

— Ela caiu no poço levada por um vento forte que soprou na sala. Meus tutores se desesperaram. Perronnette sugeriu que eles escrevessem à rainha contando o ocorrido, mas meu professor foi contra.

— Por quê?

— Disse que a rainha e o cardeal poderiam desconfiar que eles quisessem usar a carta contra eles e, sem mais investigações, mandar matá-los.

- **ENCARCERADO:** preso, mantido em cárcere
- **PRECEPTOR:** professor, instrutor
- **TUTOR:** protetor autorizado por lei

— O que seus tutores fizeram?

— Saíram em busca de algum menino que ainda não pudesse ler. Ele desceria no poço e pegaria o papel. Talvez ainda pudessem compreender as instruções e segui-las à risca. Ficariam livres da rainha e do cardeal.

— Pelo jeito, não conseguiram fazer isso.

— Eu estava muito curioso e, assim que os dois saíram, consegui descer ao poço e pegar a carta. Eu tinha muita agilidade.

— O que dizia?

— Não eram bem instruções, apenas dizia que a rainha Ana D'Áustria e o cardeal Mazarino interessavam-se muito por mim, e que me deixavam aos cuidados de Perronnette e meu preceptor. Dias depois, revelei que sabia da carta durante um delírio de febre que tive. Minha ama encontrou-a sob meu travesseiro e não teve outro jeito a não ser contar tudo à rainha.

— O que houve depois?

— Meus tutores desapareceram. Eu fui trazido para a Bastilha.

— Pois agora vou lhe contar o maior segredo de Estado que já houve na história da França. Seu professor nunca deve tê-lo ensinado história.

— Muito pouco.

— Pois bem, antes do nosso atual rei, a França era governada por Luís XIII, filho de Henrique IV. Era um bom homem, casado com Ana D'Áustria. A rainha só lhe deu um filho após vinte anos de casamento, o que deixou o rei contentíssimo. A criança nasceu no dia 5 de setembro de 1638. No próprio dia, realizou-se o batizado e uma festa em comemoração ao Delfim, futuro rei da França.

O prisioneiro ouvia atentamente.

— Acontece que algum tempo depois do nascimento, o rei foi chamado nos aposentos da rainha. Lá ele foi apresentado a um segundo menino gêmeo que havia nascido. A onda de felicidade que invadiu o monarca deu lugar a uma nuvem de tristeza no momento seguinte. O trono francês tinha dois herdeiros, o que geraria conflitos e uma possível guerra civil no futuro.

— O que foi que ele fez? — perguntou o rapaz, aflito.

— Orientado pelo Cardeal Richelieu, seu ministro, resolveu manter o nascimento da segunda criança em segredo. A ama da rainha, Perronnette, criaria o menino longe da Corte com a ajuda de um professor qualificado e de confiança. Mais tarde, com a morte de Richelieu, o segredo foi confiado ao Cardeal Mazarino, que passou a dar ordens a seus tutores.

O rapaz ficou pensativo e exclamou:

— Deus do céu! Fui abandonado por todos! Até por minha própria mãe... Ela vem aqui a fim de me visitar, mas deu o trono a meu irmão.

— Eu não o abandonei, nem a mulher de fita vermelha e roupa preta. Ela era a sra. de Chevreuse, confidente da rainha. Contou-me essas informações antes de morrer.

Confuso, o prisioneiro inquiriu:

— Mas por que o senhor veio até aqui, afinal? Por que resolveu me revelar esse segredo tão terrível?

Antes de responder, Aramis entregou ao rapaz um retrato de Luís XIV, atual rei da França, e um espelho, para que ele pudesse comparar os dois rostos. O preso abafou um grito de susto:

— Por Deus! O rei nunca me perdoará por existir!

— Gostaria de saber quem é o verdadeiro rei — afirmou Aramis.

— É ele, o homem do retrato. O rei é quem está no poder, quem manda prender. Eu não passo de uma sombra.

— Pois vim até aqui oferecer-lhe o trono real!

— O que está dizendo?

— Pretendo tirá-lo daqui e colocá-lo no lugar onde merece. Vejo nos seus olhos que tem o coração nobre e a liderança no sangue. Não é justo que esteja preso há oito anos.

— Como pretende me libertar? Estou cercado de guardas.

— Confie em mim. Se aceitar a posição que é sua desde que nasceu, estará também servindo aos interesses das pessoas que se dedicam à sua causa, como eu.

— E o que acontecerá com meu irmão, se eu conseguir chegar ao trono?

— Tomará seu lugar.

— Coitado! Este lugar é triste demais!

— Agora continue agindo como sempre. Não faça nada sem mim e espere. Logo virei buscá-lo.

O prisioneiro agradeceu e se despediu de Aramis, que, antes de sair, entregou a Baisemeaux uma grande quantia em dinheiro.

— É um presente da Ordem — disse ele, antes de partir.

— Obrigado, sr. d'Herblay, pelo dinheiro e por escutar tão longa confissão de um prisioneiro — disse o governador da Bastilha, com os olhos brilhando de satisfação.

Capítulo 5

A CARTA

As festividades oferecidas pelo sr. Fouquet em Vaux começariam em dois dias. Haveria um baile, um concerto, uma caçada, passeios e jantares. Para participar das comemorações que durariam quase uma semana, o rei mandara o Mestre João Percerin, alfaiate real, fazer cinco trajes diferentes. O alfaiate estava tão ocupado que não tinha tempo para mais nada, nem para atender clientes fiéis, como Porthos.

Porthos estava inconformado. Havia engordado um pouco e nenhuma roupa de festa lhe servia. Pediu a D'Artagnan, como Capitão dos Mosqueteiros, que **INTERCEDESSE** junto ao alfaiate e o convencesse a lhe fazer um traje. Os dois chegaram ao **ATELIÊ** do Mestre Percerin logo cedo.

— Bom dia, sr. D'Artagnan — disse o alfaiate sem tirar os olhos do trabalho.

— Como vê, estou ocupadíssimo.

— Entendo. Ainda assim peço que atenda o sr. Barão du Vallon de Bracieux de Pierrefonds (Porthos adorava quando o chamavam pelo título completo).

O mestre ficou nervoso, impaciente, mas acabou concordando com o pedido de D'Artagnan. Enquanto Porthos se livrava do casaco para começar a tirar as medidas, uma voz conhecida entrou no ateliê.

— Olá, Mestre Percerin — disse o homem.

— Aramis! — exclamaram D'Artagnan e Porthos juntos.

Os três amigos se abraçaram e logo D'Artagnan perguntou:

— O que faz aqui?

— Trouxe comigo o sr. Le Brun, pintor do superintendente. Vim pedir ao Mestre Percerin que me conceda uma cópia dos desenhos e uma amostra dos tecidos dos cinco trajes que o rei encomendou. O sr. Fouquet quer fazer uma surpresa ao rei e presenteá-lo com um retrato seu vestindo cada roupa de festa.

O alfaiate reclamou, pois estava sendo terrivelmente **IMPORTUNADO** em seus afazeres, mas concedeu os desenhos e as amostras a Aramis. O Bispo de Vannes se despediu dos amigos e saiu. D'Artagnan, porém, ficou muito desconfiado. Não acreditou na história dos retratos e temia ainda que Aramis estivesse envolvendo o inocente Porthos em alguma armação.

Por sua vez, Aramis também sentia-se aborrecido. Sabia que o amigo D'Artagnan era muito **ASTUTO** e poderia querer investigar suas atitudes. Saindo do ateliê, o Bispo de Vannes foi falar com o superintendente, que estava nervoso diante de tantos gastos para a festa em homenagem ao rei.

— Acalme-se, já disse que a festa fica por minha conta, mas só vou entregar-lhe o dinheiro quando o rei entrar em Vaux. Por enquanto, peço apenas que escreva uma carta solicitando que o Ministro da Justiça solte alguém da Bastilha — disse Aramis.

- **INTERCEDESSE:** pedisse, interviesse, suplicasse
- **ATELIÊ:** oficina de trabalho, estúdio
- **IMPORTUNADO:** incomodado, atrapalhado, interrompido
- **ASTUTO:** esperto

— Quem? — perguntou Fouquet.

— Um rapaz preso somente por ter escrito versos contra o jesuíta. O pobre tem uma mãe viúva para cuidar.

A carta foi escrita e, mais tarde, Aramis apareceu na Bastilha para jantar novamente com o sr. Baisemeaux. O governador agora tinha um certo medo de Aramis, sabendo que ele era um poderoso confessor da Ordem. Isso o fez recebê-lo de maneira ainda mais cerimoniosa e servir-lhe um dos vinhos mais caros que tinha em sua **ADEGA**. O antigo mosqueteiro fingia beber, mas Baisemeaux regalava-se diante das várias garrafas de vinho sobre a mesa. Em pouco tempo estava bêbado, tanto que não quis receber o criado que entrou na sala com uma carta do Ministro da Justiça nas mãos.

— Está escrito URGENTE no envelope, senhor — falou o rapaz.

— É tarde, deve ser alguma recomendação **ESDRÚXULA**! — exclamou o governador.

— Não é tão tarde assim, são apenas oito da noite. Além do mais, está escrito que é urgente. Penso que deve ler a carta — sugeriu Aramis.

— Está bem, dê-me a carta — disse, estendendo a mão ao criado.

O sr. Baisemeaux leu e disse:

— É uma ordem para libertar Seldon, aquele rapaz com a mãe viúva. Diz que tem que ser feita ainda hoje.

— Deve haver uma razão para isso, governador. Vamos interromper nosso jantar e dar a boa notícia ao prisioneiro — disse Aramis.

— Se quer assim. Por mim eu o soltaria amanhã cedo... — disse o sr. Baisemeaux, levantando-se da mesa com dificuldade por causa do álcool. — Vou mandar chamar o **CARCEREIRO**.

Enquanto o sr. Baisemeaux foi até a porta dar suas ordens, Aramis aproveitou para tirar a carta do Ministro do envelope e substituí-la por outra, preparada por ele.

Capítulo 6

UMA IMPORTANTE DECISÃO

— Podem mandar soltar Seldon, o rapaz preso na cela número 2 — disse o governador ao carcereiro, assim que ele entrou na sala de jantar.

- **ADEGA:** lugar da casa onde se guarda vinho, azeite e outras bebidas
- **ESDRÚXULA:** esquisita
- **CARCEREIRO:** guarda da prisão, do cárcere

— O senhor deve estar enganado. Aqui diz que o prisioneiro que deve ser solto é o da cela número 1 — falou o carcereiro, após ler a carta trocada.

— Marchiali? Não pode ser... Tenho certeza de que estava escrito Seldon.

— Deixe-me ler a carta — pediu Aramis. — De fato, aqui diz prisioneiro da cela 1, Marchiali.

— Não posso fazer isso, sr. d'Herblay — falou o sr. Baisemeaux.

— Vai se negar a cumprir uma ordem do Ministro da Justiça?

— Não é isso, é que... bem, como posso colocar um prisioneiro na rua em Paris, à noite? Ele não conhece ninguém... — tentou disfarçar o governador.

— Minha carruagem está aí na porta. Posso levá-lo para onde ele desejar — disse Aramis. — Além do mais, deixe-me carimbar esta carta, assim o senhor pode ficar mais tranquilo, pois duas autoridades estão garantindo a liberdade do rapaz.

Dito isso, o Bispo de Vannes colocou um selo na carta. O sr. Baisemeaux arregalou os olhos. Aramis não era somente um confessor, mas sim o Geral da Ordem. Os dois acabaram o jantar e, em poucos minutos, a carruagem do antigo mosqueteiro cruzava os portões da Bastilha tirando o prisioneiro da cela 1 da vida no cárcere. Era tarde, quase onze horas da noite, e havia um ar puro de liberdade no ar. Após cerca de meia hora, a carruagem parou em uma clareira na floresta. O prisioneiro havia adormecido e acordou assustado.

— O que houve? — perguntou, abrindo os olhos devagar.

— Antes de qualquer coisa, preciso lhe explicar a situação do reino. É importante que o senhor tome uma decisão, caro Príncipe — disse Aramis.

— Pode falar. Ainda acho estranho ser chamado de Príncipe.

— Seu irmão, o rei atual, não teve uma infância feliz. Ana D'Áustria e Luís XIII não lhe deram a atenção e o amor necessários, talvez por se sentirem culpados diante do que lhe fizeram. Por vezes, seu irmão foi ignorado e até humilhado. Isso deve ter gerado raiva, rancor e desejo de vingança, características típicas de um governo **TIRÂNICO**.

— Acha que o rei é um tirano?

— Ainda não, mas vai ser. Já o senhor, vejo em seus olhos agora mesmo que tem uma alma boa. Vai respeitar seus súditos.

— O que pretende, sr. d'Herblay?

— Quero que decida se aceita o trono. Darei um jeito de fazer com que troque de lugar com seu irmão. Ele irá para a Bastilha, onde só poderá falar com as paredes.

TIRÂNICO: opressivo, injusto, cruel

Ninguém prestará atenção às suas reclamações e **SÚPLICAS**. Mais tarde, se quiser, poderá **EXILÁ-LO** ou até libertá-lo, conforme a voz de sua consciência falar.

— Por que está fazendo isso?

— Porque Deus me confiou o segredo de seu nascimento, o qual guardo comigo há anos. Acredito que Deus não faça nada por acaso e sinto que, juntos, poderemos fazer da França uma grande nação.

— Como poderei pagar-lhe por me libertar e ainda me colocar no trono?

— Deverá me nomear Cardeal, depois Ministro. Além disso, deve prometer que não será um rei acomodado. Equilibrará as finanças do país e depois nós dois dividiremos o mundo: o senhor terá os corpos e eu, as almas. Seremos o maior rei e o maior papa de que o mundo já ouviu falar — disse Aramis, tomado de uma espécie de embriaguez de ambição que sempre **PERMEOU** seus pensamentos, desde o tempo em que era mosqueteiro.

— E se eu me recusar a assumir o reino?

— Existe um pântano a alguns quilômetros daqui. São ilhas isoladas onde vivem poucas famílias de pescadores. As casas são flutuantes e a comida é composta de peixes, pássaros e frutas. Tenho comigo esta bolsa de dinheiro que é suficiente para comprar o pântano. Pode viver lá em liberdade por muitos anos.

— Deixe que eu ande um pouco ao ar livre e sinta o cheiro da natureza. Preciso conversar com Deus.

Enquanto o rapaz caminhava, Aramis mal conseguia respirar de ansiedade. Será que seu plano fracassaria e ele nunca atingiria o poder **SUPREMO** que tanto **ALMEJAVA**? Por sua vez, o prisioneiro enchia os pulmões de ar puro e olhava para o céu estrelado entre as copas das árvores em busca de uma resposta. Depois de alguns minutos, ele olhou para o chão, parou de orar e se dirigiu à carruagem. Olhou para o Bispo de Vannes e disse:

— Vamos governar a França!

— Tem certeza, Príncipe? — perguntou Aramis, com a voz exaltada.

— Sim. Com sua ajuda, serei um grande rei.

Antes de saírem da floresta, Aramis deu ao futuro rei uma espécie de aula sobre todas as pessoas com quem ele deveria conviver: a esposa de seu irmão mais novo, Henriqueta, cujo casamento foi apenas **DE FACHADA**, para estreitar laços com a Inglaterra, e outras pessoas da Corte, principalmente D'Artagnan.

- **SÚPLICA:** pedido, prece
- **EXILÁ-LO:** expulsá-lo da pátria
- **PERMEOU:** atravessou, cruzou
- **SUPREMO:** último, extremo, superior, referente a Deus
- **ALMEJAVA:** desejava ardentemente
- **DE FACHADA:** falso, só de aparência

— Ele é o mais **PERSPICAZ** de todos. Se não estranhar seu rosto, tudo ficará bem — recomendou Aramis.

O ex-mosqueteiro também disse ao Príncipe que lhe ensinaria a arte da espada, das línguas estrangeiras e outras coisas que o rei deveria saber. Tudo isso seria feito em segredo, depois que ele tomasse o poder.

Capítulo 7

CONSPIRAÇÕES

O castelo de Vaux fora todo reformado para a festa, marcada para um dia depois da libertação do prisioneiro. Aramis acomodou-se em um quarto acima do aposento do rei, o mais luxuoso da casa. Sobre a cama, havia uma grande cúpula representando Morfeu, coisa que tanto poderia trazer bons sonhos, como também pesadelos. O Príncipe Filipe foi escondido em um **CUBÍCULO** secreto atrás da cama de Aramis, que elogiou Fouquet pelos preparativos e mostrou-lhe o belo retrato do rei, pintado pelo sr. Le Brun, trajando uma das roupas feitas pelo Mestre João Perecin.

— É estranho, sr. d'Herblay — disse Fouquet. — Não gosto do rei e ele não gosta de mim. Dizem que ele e Colbert aguardam apenas algum deslize meu para mandarem me prender. No entanto, sinto-me honrado e até feliz em receber o rei em minha casa.

— Pois aproveite esse sentimento. Veja, o rei está chegando — falou Aramis.

Um verdadeiro **SÉQUITO** adentrou o castelo acompanhando a família real, de modo que Fouquet precisou de vários criados para mostrar os aposentos de cada convidado. Vaux era um lugar maravilhoso, quase encantado. Os jardins, parques e lagos superavam muito o castelo do Louvre, onde o rei morava. Embora Luís XIV estivesse adorando o lugar, a inveja começou a lhe corroer e ele não conseguia sorrir. Durante o jantar, nem ele nem sua mãe Ana D'Áustria demonstraram satisfação, apesar de terem aproveitado ao máximo a mesa farta. A única que não parava de elogiar a festa, a comida e o castelo era Henriqueta, a Duquesa de Orléans, que esbanjava felicidade. Depois do jantar, todos saíram para um passeio, mas o rei quis ir logo para o quarto e mandou chamar Colbert para conversar.

Aramis perguntou a Porthos e D'Artagnan:

— O que estão achando da festa?

- **PERSPICAZ**: bom observador, inteligente
- **CUBÍCULO**: quarto muito pequeno
- **SÉQUITO**: conjunto de pessoas que acompanha uma comitiva

— Ótima! — respondeu Porthos, que bebera além da conta. — Gosto muito de Fouquet. Ele sabe organizar uma festa!

Enquanto Porthos foi conversar com outros convidados, D'Artagnan disse:

— Sabe, Aramis, às vezes penso que Luís XIV não é o rei da França...

— Como assim? — espantou-se o Bispo de Vannes.

— O rei de verdade é...

— Por Deus, quem?

— Fouquet.

— Ah! — exclamou o Bispo, aliviado.

— Por que ele gasta tanto para agradar o rei? Isso só faz com que o rei e Colbert conspirem ainda mais contra ele.

— Eu tentei argumentar que reformar o castelo era um exagero, mas ele não me deu ouvidos...

— Aramis, posso lhe fazer uma pergunta?

— É claro, D'Artagnan, somos amigos.

— Somos mesmo?

— Por que duvida? Você é um grande amigo meu, sempre foi.

— Então me diga por que pediu ao alfaiate os desenhos e amostras dos tecidos dos trajes do rei.

— Ora, como eu disse, para que o sr. Le Brun pintasse o retrato.

— Não sei se acredito nisso. Acho que você está tramando algo. Diga o que é. Talvez eu possa ajudar.

— Você está imaginando coisas.

— Temo, ainda por cima, que esteja envolvendo Porthos em suas falcatruas.

— Falcatruas? Assim você me ofende, D'Artagnan.

— Aramis, não tenho a intenção de ofendê-lo, mas você sabe que sou responsável pelo rei. Por acaso há alguma conspiração contra ele?

— Não estou envolvido e não tenho conhecimento de nenhuma conspiração contra o filho de Ana D'Áustria. Que eu seja amaldiçoado se fizer qualquer coisa contra o verdadeiro rei da França!

D'Artagnan abraçou o amigo, aliviado, e saiu para procurar Porthos. Aramis foi até seu quarto e libertou Filipe do cubículo apertado. Os dois puseram-se a escutar a conversa entre o rei e Colbert através da cúpula sobre a cama, que tinha uma abertura secreta para o andar de cima.

— O que significa esse luxo todo? — perguntou o rei. — A festa tem muito mais **REQUINTE** do que a que realizamos em Fontainebleau.

❦ **REQUINTE:** luxo

— É claro que há mais luxo aqui, Majestade. Em Fontainebleau gastamos três milhões de francos. Em Vaux foram gastos treze milhões! — disse Colbert.

— Como sabe disso?

— Treze milhões é a quantia que foi retirada por Fouquet dos cofres públicos.

— Há como provar?

— É tudo uma questão de tempo. Já identifiquei que os recibos foram roubados pelo superintendente, como se o dinheiro tivesse sido pago a ele por seus serviços à Corte.

O rei decidiu refletir e pediu para ficar sozinho. Pouco tempo depois, pediu para chamarem D'Artagnan.

— Estou à vossa disposição, Majestade. O que houve?

— Quero que prenda Fouquet, D'Artagnan. Ele roubou dinheiro do reino para organizar esta festa.

— Tem certeza, Majestade? Estamos na casa dele, diante de tantos convidados. Seria melhor esperarmos as comemorações terminarem, então conversaríamos com ele e...

— Não há o que conversar!

— O senhor está muito nervoso e pode se arrepender amanhã. Seria um escândalo **TREMENDO** realizar a prisão do superintendente aqui no castelo de Vaux a uma hora dessas.

O rei resmungou, mas deixou-se convencer por D'Artagnan. Disse que queria dormir, estava muito cansado, mas ordenou que o Capitão dos Mosqueteiros vigiasse Fouquet a noite toda e não o deixasse sair do castelo. No dia seguinte, determinaria se a prisão seria feita ou se esperariam até voltarem a Paris.

Capítulo 8

O PLANO EM PRÁTICA

D'Artagnan foi falar com Fouquet, ainda inconformado com a atitude do rei. Vendo o Capitão dos Mosqueteiros em seus aposentos, o superintendente falou:

— Já sei o que houve. O rei não está satisfeito. Colbert o envenenou contra mim e agora ele quer minha prisão.

— Sinto muito, sr. Fouquet — disse D'Artagnan, mas terei de vigiá-lo a noite toda.

— Preciso ver o sr. d'Herblay.

— Fique aqui no quarto. Trancarei a porta e levarei a chave. Eu mesmo vou procurar o Bispo de Vannes e trazê-lo até o senhor.

❦ **TREMENDO:** enorme, gigantesco

Quando D'Artagnan saiu, Fouquet queimou alguns papéis que o incriminavam, os tais recibos mencionados por Colbert. O mosqueteiro sentiu cheiro de fumaça ao entrar e percebeu o que havia acontecido, mas não mencionou o caso. Disse apenas:

— Não encontrei o sr. d'Herblay. Ele deve ter saído para caminhar. Vamos dormir os dois. Ficarei acomodado nesta poltrona aqui em seu quarto. Amanhã conversaremos com o Bispo de Vannes.

Fouquet estremeceu. Aramis era a única saída para ele escapar da prisão. Ele precisava dar-lhe o dinheiro da festa que havia prometido, assim o superintendente iria repor o dinheiro real. O antigo mosqueteiro, no entanto, estava colocando em prática seu grande plano.

Como já foi dito, Luís XIV estava dormindo, tão exausto que chegava a roncar. De repente, achou que estivesse tendo um terrível pesadelo. Dois homens encapuzados entraram em seus aposentos reais. Um deles era gordo e forte. Outro, bem alto, levava uma lanterna nas mãos e iluminava seu rosto de frente, ofuscando-lhe os olhos. Sem usarem violência, mas falando com a voz firme, o que carregava a lanterna disse:

— Acompanhe-nos, ou será pior para o senhor. É melhor que fique calado e não faça barulho.

Em poucos minutos, tiraram o rei do castelo de Vaux através de um longo corredor subterrâneo e o levaram para uma carruagem. O homem gordo assumiu a posição de cocheiro e cavalgou para fora da propriedade, atravessando uma floresta e chegando em Paris, mais precisamente na porta da Bastilha. O homem da lanterna desceu da boleia, onde se encontrava na companhia do rei, e pediu que chamassem Baisemeaux. Enquanto isso, Luís XIV perguntou ao cocheiro:

— O que pretendem fazer ao rei da França, por Deus?

— É muita **AUDÁCIA** dizer isso. Sorte sua que o rei é uma pessoa bondosa. Talvez o perdoe — respondeu ele.

Logo o governador apareceu e disse ao homem da lanterna, que mostrou o rosto brevemente:

— Sr. d'Herblay! O que faz aqui a essa hora?

— Fale baixo. Vim desfazer um terrível engano.

— Do que se trata?

— O senhor estava certo. Não era Marchiali que deveria ser solto, e sim Seldon. Veja, tenho aqui em minhas mãos a ordem para que Seldon seja solto.

— Não entendo.

❦ **AUDÁCIA:** ousadia, atrevimento

— Onde está a ordem que vimos aquele dia?

— No cofre.

— Vamos até lá pegá-la.

O governador estava confuso, mas abriu o cofre e mostrou a ordem para a libertação de Marchiali a Aramis, que pegou-a nas maos e a rasgou em vários pedaços.

— O que está fazendo, sr. d'Herblay? Estou **ARRUINADO** se o Ministro da Justiça souber.

— Não se preocupe, eu trouxe Marchiali de volta. Ele de fato não deveria ter sido solto. Desde que o levei em minha carruagem, não pára de dizer que é o rei da França. Chegou a vestir roupas parecidas com as do rei. Está certo que existe a semelhança, mas acho que ele deve estar louco. Coitado! Trago ordens para que o mantenha incomunicável.

Baisemeaux aceitou as determinações de Aramis. Nunca iria discutir com o Geral da Ordem. Libertou Seldon e prendeu o homem que lhe foi entregue. Aramis voltou à carruagem e disse:

— Vamos, Porthos. Voltemos rápido ao castelo de Vaux.

— Obrigado, Aramis, por me confiar missão tão importante — disse Porthos, sem a menor ideia da armação em que se envolvera. — Imagine só a coragem daquele homem em dizer que é o rei da França.

Na Bastilha, Luís XIV achava que estava sonhando e ainda não acreditava no que havia acontecido. Pensou que tivesse sido vítima de um **COMPLÔ** contra ele organizado por Fouquet. De manhã, destruiu uma cadeira contra a porta e gritou com todas as forças que queria ver o governador. Os outros presos, que estavam lá pelas ordens dele próprio, juntaram-se na gritaria e forçaram os carcereiros a verificar o que estava acontecendo. Um deles entrou na cela de Luís XIV levando-lhe o desjejum.

— Acordou enlouquecido hoje? Costuma ser tão calmo. O que houve? — disse o guarda.

— Quero ver o governador. Cometeram um grave crime contra o trono francês.

O carcereiro ignorou-o e, como Luís XIV não parou de gritar e bater, foi **ADVERTIDO**:

— É melhor aquietar-se. Os rebeldes ficam em **SOLITÁRIAS** nesta prisão.

- **ARRUINADO:** destruído
- **COMPLÔ:** conspiração
- **ADVERTIDO:** avisado, alertado
- **SOLITÁRIA:** pequena cela na qual o preso fica sozinho e isolado do resto da prisão

Mais tarde, quando o sr. Baisemeaux recebeu o relatório diário sobre os presos, comentou com o carcereiro-chefe:

— Quando um prisioneiro chega ao ponto de enlouquecer, é porque nada mais lhe resta, nem a vida. Seria até uma bondade eliminá-lo discretamente.

Capítulo 9

DESMASCARADO

Assim que Luís XIV foi retirado da cama no castelo de Vaux, a cúpula com a representação de Morfeu desceu do andar superior até possibilitar que o Príncipe Filipe descesse e tomasse o lugar do irmão. A arquitetura havia sido toda planejada. Deitado no leito real, o ex-prisioneiro sentia-se esquisito, como se estivesse cometendo uma traição.

Algum tempo depois, Aramis chegou e disse que o plano tinha sido um sucesso. Os dois ficaram conversando até de manhã, quando D'Artagnan bateu na porta. Aramis foi abri-la. Queria ganhar tempo e evitar que o Capitão dos Mosqueteiros visse o novo rei logo cedo. Era melhor que mais gente estivesse junto nessa hora para que o perceptivo D'Artagnan não notasse nada diferente.

— Aramis? Você aqui? — disse ele.

— O rei mandou me chamar logo cedo e pediu que eu lhe entregasse isso — disse o Bispo de Vannes, passando um pedaço de papel ao amigo.

— Uma ordem de libertação de Fouquet. Então o rei não deseja mais prendê-lo...

— Ele pede que diga ao sr. Fouquet que ele está grato diante de tão bela festa e quer que ele saiba que o rei é seu amigo.

— Que bom que o rei acordou de bom humor! Eu disse ao sr. Fouquet que não se preocupasse! Mas estou estranhando sua proximidade com o rei, Aramis. Não sabia que eram íntimos.

— Costumamos conversar longe da presença dos outros. Por isso você me vê pouco na Corte, meu amigo — disse Aramis.

— Vou logo dar a notícia ao superintendente e dizer-lhe que a festa pode continuar!

Pouco tempo depois, Aramis estava no quarto de Fouquet. O superintendente ficara confuso com o recado do rei.

— O que está havendo, sr. d'Herblay? Ontem o rei me odiava, hoje manda dizer que é meu amigo. Existe algum segredo que eu não conheça?

— Existe sim. Sente-se e me ouça. Vou contar-lhe um segredo que guardo comigo há anos e que agora pode mudar a história da França.

À medida que Aramis falava, Fouquet tornava-se mais **ESTUPEFATO**. Ele não tinha conhecimento de um irmão gêmeo do rei. Quando Aramis falou algo sobre a troca entre os irmãos, ele interrompeu:

— Não diga isso nem de brincadeira, sr. d'Herblay. Seria uma conspiração, mancharia a honra de Ana D'Áustria. Para que o príncipe tomasse o lugar do rei, o clero, a nobreza e povo precisariam aprovar e...

— Vejo que não entendeu. A troca já foi feita, esta noite, e sem derramamento de sangue — explicou o ex-mosqueteiro.

— O quê? Em minha própria casa?

— Sim. Quem está no quarto do rei é Filipe e Luís XIV encontra-se preso.

— Pelo amor de Deus, sr. d'Herblay! Não estou de acordo com isso!

— O senhor só pode estar louco. Não vê que Luís XIV o detesta e também a mim? Ele faria qualquer coisa para prejudicá-lo e, ainda assim, o senhor o protege! A troca entre os irmãos é a sua e a minha salvação!

— O senhor fez isso pensando em mim, mas não aceito. Sei que sou perdulário, gasto mais dinheiro do que tenho, mas sou honesto. Só tirei dinheiro do reino porque o senhor jurou que me pagaria pela festa. Pretendo devolver tudo aos cofres reais.

— Não há mais o que fazer! — gritou Aramis. — O rei está atrás das grades!

— Quero que fuja para Belle-Isle e fique lá até que eu resolva as coisas na Bastilha. Parta agora enquanto há tempo de escapar das tropas que o rei certamente enviará em seu **ENCALÇO** quando se encontrar em liberdade. Aperte minha mão, vamos, em sinal de que fará o que lhe peço.

Tremendo, Aramis tirou a mão do bolso. Estava cheia de sangue. Ele enfiara as unhas na palma de tanto nervoso durante a conversa com Fouquet. Seu plano, tão minucioso, havia se arruinado simplesmente porque ele não tinha ideia de que o superintendente fosse um homem que colocasse sua honra acima de qualquer coisa.

— Vou levar Porthos, meu amigo, o único que confiou em mim — disse Aramis, indo correndo acordar o Barão, que estava muito cansado da viagem na noite anterior.

— Porthos! Acorde, temos que partir! — disse Aramis.

— Para onde?

— Para uma missão secreta. Vamos, não temos tempo!

Os dois deram um abraço em D'Artagnan, a quem encontraram na saída, e foram. O Capitão dos Mosqueteiros disse a si próprio:

- **ESTUPEFATO:** pasmado, muito espantado
- **ENCALÇO:** pista

— Estranho, esses dois parecem estar fugindo...

Nos portões da Bastilha, Fouquet pediu para falar com o governador.

— Mas... senhor superintendente! Não deveria estar em Vaux, dando uma festa em homenagem ao rei? — perguntou o sr. Baisemeaux.

— Vou logo ao assunto. Quando foi a última vez que o senhor viu o Bispo de Vannes?

— Ontem à noite, ou melhor, de madrugada.

— E como teve coragem de ter sido cúmplice de um crime assim? Poderiam ser **ESQUARTEJADOS** por isso! Vamos, leve-me até o prisioneiro.

— Marchiali?

— Não sei quem é Marchiali, mas quero ver o homem que foi trazido pelo sr. d'Herblay ontem à noite.

— Marchiali é o nome pelo qual todos aqui o conhecem.

Logo ele percebeu que o governador não era cúmplice de Aramis. Tinha sido vítima tanto quanto ele.

— O senhor tem ordem do rei para ver o prisioneiro? — perguntou o sr. Baisemeaux.

— Que engraçado! Eu preciso de ordem, mas o sr. d'Herblay entra aqui a hora que bem deseja e vai às celas da Bastilha.

— Ele trouxe uma ordem para soltar Seldon e eu a cumpri.

— Pois fique sabendo que o sr. d'Herblay **CAIU**!

— Não pode ser!

— É a pura verdade! O senhor vai se arrepender se não me levar à cela do tal Marchiali.

Apavorado, o sr. Baisemeaux acabou concordando. Entregou pessoalmente a chave da cela ao superintendente e ficou aguardando. Não queria mais se envolver nessa história. Quando Fouquet entrou, encontrou o rei com as roupas rasgadas e o braço sangrando por ter quebrado as vidraças. Luís XVI avançou contra ele.

— Veio ver de perto o objeto de sua conspiração? Foi o senhor que me colocou aqui! — berrou o rei.

— Acalme-se, Majestade. Não vê que sou seu **VASSALO** mais fiel? — disse Fouquet, ajoelhando-se e beijando-lhe as mãos.

— Como pode ser tão **HIPÓCRITA**?

- **ESQUARTEJADO**: partido em pedaços
- **CAIU**: aqui, significa ficou sem poder, foi destituído
- **VASSALO**: súdito, submisso, subordinado
- **HIPÓCRITA**: falso, fingido

Em pouco tempo, o rei estava a par de todos os acontecimentos. Fouquet contou-lhe tudo, inclusive que o Príncipe Filipe não era o **MENTOR** do plano, mas sim o Bispo de Vannes, que levava o Barão du Vallon com ele como puro **FANTOCHE**. Luís XIV escreveu a ordem de soltura de Marchiali. Fouquet e o rei saíram da Bastilha, deixando Baisemeaux **ATURDIDO**, imaginando que o reino todo estava louco.

Capítulo 10

PRISÃO PERPÉTUA

Em Vaux, Filipe tentava imitar o irmão e, aos poucos, foi mandando entrar no quarto as pessoas que o ajudariam a se vestir para as comemorações do dia. Ninguém desconfiou de nada, nem mesmo o Duque de Orléans ou Ana D'Áustria, que falava sem parar sobre a festa. Ela, no entanto, levou um susto quando Filipe disse:

— Pare de falar mal de Fouquet, minha mãe. Assim está parecendo a sra. de Chevreuse.

A rainha-mãe ficou pálida.

— Não fale dessa maneira com nossa mãe — disse o Duque de Orléans.

— Que mal há em mencionar a sra. de Chevreuse?

Ana D'Áustria sentiu-se fraca e apoiou as mãos no ombro do Duque de Orléans.

Nessa hora, D'Artagnan chegou.

— Bom dia, Majestade — disse o Capitão dos Mosqueteiros.

— Por favor, D'Artagnan, vá procurar o Bispo de Vannes. Preciso lhe falar.

— Novamente, Majestade? Ele estava aqui hoje cedo...

— Não discuta minhas ordens, D'Artagnan.

O experiente mosqueteiro logo percebeu que ele estava certo ao desconfiar de que Aramis e Porthos estavam mesmo fugindo quando se despediram dele. Havia algo de estranho no ar. Ia saindo do quarto, quando Fouquet adentrou o local trazendo Luís XIV junto com ele. Todos olharam para a porta. Ana D'Áustria soltou um grito. O Duque de Orléans pensou que estivesse louco. O próprio Luís XIV tomou um susto ao deparar com o irmão, **IDÊNTICO** a ele.

- **MENTOR:** mestre, pessoa que guia
- **FANTOCHE:** pessoa que não age por conta própria, mas sim orientada ou comandada por outra
- **ATURDIDO:** atordoado, confuso
- **PERPÉTUA:** que dura para sempre
- **IDÊNTICO:** igual

— Então, mamãe, não reconhece seu filho? — perguntou o rei.

— Não conhece seu filho, mamãe? — perguntou Filipe, em seguida.

Ana D'Áustria desmaiou de emoção e remorso. D'Artagnan olhou atônito para Luís XIV, que apontou para o irmão e disse:

— Prenda-o.

O Capitão dos Mosqueteiros, percebendo agora toda a trama em que Aramis e Porthos estavam metidos, acatou as ordens do rei. Aproximou-se de Filipe e disse:

— Perdoe-me, mas jurei lealdade a Luís XIV. Eu não sabia da sua existência.

— Sr. Fouquet, ajude-me — pediu Filipe.

— Perdoe-me também, mas o rei era meu hóspede. Não podia deixar que lhe fizessem mal em minha própria casa. Não podia deixá-lo acreditar que eu conspirava contra ele.

Diante de toda aquela cena, Luís XIV disse:

— Ordeno que este homem seja levado para a ilha de Santa Margarida. A partir de hoje ele deve usar uma máscara de ferro que cobrirá seu rosto. Se algum dia a tirar, irá morrer.

Fouquet e D'Artagnan entreolharam-se. Sentiam pena do pobre Príncipe Filipe, mas nada podiam fazer contra as ordens do rei da França.

Quanto a Porthos e Aramis, ambos cavalgavam a todo vapor para Belle-Isle. Aramis estava inconformado com o fracasso de seu plano. Quisera prender o rei opressor e libertar o príncipe oprimido, mas para isso cometera o crime de conspirar contra a Coroa. Além disso, julgara que Fouquet fosse um homem desonesto, e isso ele não era. Porthos, por sua vez, acreditava que após a prisão de um louco que julgava ser rei e a missão secreta em Belle-Isle, Luís XIV o nomearia duque. Ter feito essa promessa a seu grande amigo, algo que não aconteceria, era o que mais doía no peito de Aramis. Com os cavalos cansados, os dois pararam em Blois para pedir ajuda a Athos e a seu filho Raul.

— Que alegria vê-los! — disse Athos.

Aramis e Porthos abraçaram muito Raul. Adoravam o filho do amigo.

— O rei vai me dar o título de duque! — contou Porthos.

Aramis chamou Athos para uma conversa particular e contou tudo o que tinha se passado.

— Mas então... esse título de Porthos...

— Não lhe será conferido, e é isso que está me matando. Envolvi nosso amigo em meu plano. Ele está inocente na história toda.

— E o que pretende fazer?

— Peço que nos empreste dois cavalos. Vou levar Porthos comigo até Belle-Isle.

De lá ficará fácil chegar à Inglaterra e depois à Espanha. Tenho amigos nos dois países. Ficaremos a salvo longe da França.

— Por que não deixa Porthos ficar?

— Temo que algo lhe aconteça.

Ao se despedirem, Aramis pediu a Athos que não o julgasse mal. Todos se abraçaram com força, tendo a sensação de que aquela era a última vez que se viam. Logo após a partida, perto das dez da noite, alguns cavalos se aproximaram da casa e uma voz gritou do portão anunciando a chegada do Duque de Beaufort.

O duque era amigo de Athos. Apesar do horário impróprio, estava lá para convidar Raul, o distinto Visconde de Bragelonne, para uma viagem à África.

— O rei quer que eu conquiste os árabes — disse o duque. — Preciso de alguém que me ajude a **RECRUTAR** um exército e vim saber se Raul estaria interessado em realizar esse trabalho.

Depois de pensar um pouco, o rapaz aceitou a oferta. Athos resolveu que ajudaria o filho no recrutamento de homens interessados em ir para a África. Quando, dias mais tarde, Athos e Raul foram à ilha de Santa Margarida em busca de soldados fortes e valiosos para compor o exército do Duque de Beaufort, ouviram um grito do alto da torre da fortaleza. Uma mão atirou um tipo de disco metálico escrito algo a ponta de faca. Quando Athos leu "Sou irmão do Rei da França. Estou preso aqui, quase enlouquecido de desespero", ele logo percebeu quem era o pobre homem encarcerado. Lembrou-se de Aramis e de tudo o que ocorrera. Na presença do governador da fortaleza, fingiu ser espanhol, como pediu seu amigo D'Artagnan. Nem mesmo ao Capitão dos Mosqueteiros ele contou que sabia a verdade. Não havia nada que ele pudesse fazer. O prisioneiro estava **FADADO** a envelhecer e a morrer na Ilha de Santa Margarida, vestindo a máscara de ferro que o ocultava do mundo e que o transformara no Maldito, como ele mesmo passou a se chamar.

- **RECRUTAR:** selecionar, convocar
- **FADADO:** predestinado

ROTEIRO DE LEITURA

1) Quem era o rei da França na época em que se passa a história? De quem ele era filho?

2) De que maneira o irmão mais novo do rei, o Duque de Orléans, ajudou a França a manter boas relações com a Inglaterra?

3) Qual era o segredo que Aramis revelou ao padre franciscano que estava morrendo e que lhe valeu o título de Geral da Ordem dos Jesuítas? Por que você acha que ele guardou esse segredo durante tantos anos?

4) Por que o pai de Filipe e de Luís XIV, em conjunto com a mãe, Ana D'Áustria, resolveram esconder Filipe do reino? Você acha que o motivo era justo? Justifique sua resposta.

5) Através de quem Aramis ficou sabendo desse segredo?

6) Qual era o plano de Aramis? Se ele tivesse sucesso com ele, o que ganharia em troca?

7) Descreva alguns detalhes do plano de Aramis, incluindo a combinação com Fouquet da festa para o rei em Vaux e a visita ao alfaiate.

8) Você acha que seria justo trocar o Príncipe Filipe com o Rei Luís XIV? Justifique sua resposta.

9) Você acha que Aramis tinha motivos justos para querer a troca ou só queria fazer isso por ambição? Justifique sua resposta.

10) Você acha que D'Artagnan e Fouquet poderiam ter feito alguma coisa para ajudar o Príncipe Filipe? Dê algumas ideias.

11) Junto com um grupo de colegas, rescreva o final do livro. Defina o que vai acontecer com o Príncipe Filipe, o Rei Luís XIV, Ana D'Áustria, D'Artagnan e os Três Mosqueteiros.

12) Se você fosse o Príncipe Filipe, no momento em que Aramis disse que ele podia escolher entre viver num pântano em liberdade ou ser o rei da França, o que teria escolhido? Por quê?

13) Por que você acha que Filipe quase não se lembrava de nada de sua infância?

14) De qual personagem você mais gostou? Por quê?

15) De qual personagem você menos gostou? Por quê?

16) Faça uma lista das semelhanças e diferenças que existem entre o livro e o filme de Hollywood O Homem da Máscara de Ferro, com Leonardo di Caprio.

17) Em grupos, escolha uma passagem do livro e faça uma peça de teatro. Procure em livros ou na Internet que tipo de roupa os nobres usavam na época e procure montar algum figurino com retalhos, roupas usadas e papel crepom.

18) Você acha que Athos era mesmo amigo de D'Artagnan, de Porthos e de Athos? Justifique sua resposta.

19) Por que o Homem da Máscara de Ferro se chamava de Maldito? Que outro nome você daria a ele?

20) O que acontece com a linha narrativa da história? Onde ela começa e onde termina? Você gostou dessa estrutura do livro? Justifique sua resposta.

O HOMEM DA MÁSCARA DE FERRO

Alexandre Dumas

BIOGRAFIA DO AUTOR

Alexandre Davy de la Pailleterie, conhecido como Alexandre Dumas por ser filho do general Thomas A. Dumas, nasceu em Villers-Cotterêts, na França, no dia 24 de julho de 1802, e morreu em Puys, uma pequena cidade francesa, no dia 5 de dezembro de 1870. Quando tinha vinte anos, resolveu se mudar para Paris e conseguiu um emprego num escritório. Naquela época, começou a escrever poemas e romances e logo publicou seu primeiro livro, La Chasse et l'Amour, em parceria com um amigo.

Aventuras acompanhadas de humor são a chave para agradar ao público de Dumas, que pode encontrar diversão, entretenimento e conhecimentos de história nas obras do autor. Seus livros mais famosos são: Os Três Mosqueteiros, Os irmãos corsos, O Conde de Monte Cristo (obras integrantes da Coleção Aventuras Grandiosas), Vinte anos depois, O Visconde de Bragelonne, A tulipa negra, O Cavaleiro da Casa Vermelha, A Rainha Margot, O colar da rainha, A Condessa de Charny, Memória de um médico e este, O Homem da Máscara de Ferro, que inclui os heróis Athos, Porthos, Aramis e D'Artagnan presentes em Os Três Mosqueteiros.

Dumas foi considerado um dos escritores mais lidos em todo o mundo, além de ter conseguido muito dinheiro com as vendas de seus livros. No entanto, não soube administrar sua riqueza e morreu pobre.

Coleção Clássicos Universais

Dez motivos para ampliar sua cultura

COLEÇÃO
AVENTURAS GRANDIOSAS
Série 3
COLEÇÃO AVENTURAS GRANDIOSAS
POLIANA
Eleanor H. Porter
Adaptação de Isabel Vieira
EDITORA RIDEEL
COLEÇÃO AVENTURAS GRANDIOSAS
A PEQUENA PRINCESA
Frances H. Burnett
EDITORA RIDEEL
COLEÇÃO AVENTURAS GRANDIOSAS
OS ROBINSONS SUÍÇOS
Johann Wyss
EDITORA RIDEEL
COLEÇÃO AVENTURAS GRANDIOSAS
O PRÍNCIPE E O MENDIGO
Mark Twain
EDITORA RIDEEL
COLEÇÃO AVENTURAS GRANDIOSAS
O JARDIM SECRETO
Frances H. Burnett
Adaptação de Isabel Vieira
EDITORA RIDEEL
COLEÇÃO AVENTURAS GRANDIOSAS
BELEZA NEGRA
Anna Sewell
EDITORA RIDEEL
COLEÇÃO AVENTURAS GRANDIOSAS
IVANHOÉ
Sir Walter Scott
EDITORA RIDEEL
COLEÇÃO AVENTURAS GRANDIOSAS
TOM JONES
Henry Fielding
Adaptação de Ana Carolina Vieira Rodriguez
EDITORA RIDEEL
COLEÇÃO AVENTURAS GRANDIOSAS
O CORCUNDA DE NOTRE-DAME
Victor Hugo
Adaptação de Isabel Vieira
EDITORA RIDEEL
COLEÇÃO AVENTURAS GRANDIOSAS
O PEQUENO LORDE
Frances H. Burnett
Adaptação de Ana Carolina Vieira Rodriguez
EDITORA RIDEEL
EDITORA RIDEEL